Inconnu à cette adresse

Littératures

Collection dirigée par Henry Dougier

Des lectures, des récits qui traversent la vie, éclairent sur l'autre et sur nous-mêmes, en jouant, par drames et destins interposés, leur grande fonction de fabulation et de tendresse.
Que serions-nous sans ce cercle intime de personnages complices, sans ces histoires qu'on lit et relit d'une lecture affective, un peu somnambule ?

Illustration de couverture : © Studio Autrement (portrait de droite par August Sander)

Titre original : *Address Unknown* © 1995 by Story Press Books, USA.

© Éditions Autrement, 1999, pour la présente édition.

KRESSMANN TAYLOR

Inconnu à cette adresse

Traduit de l'anglais (américain)
par Michèle Lévy-Bram
et postfacé par Whit Burnett

Éditions Autrement **Littératures**

Remerciements à Hans Hopman pour nous avoir fait connaître ce livre.

GALERIE SCHULSE-EISENSTEIN, SAN FRANCISCO, CALIFORNIE, USA

Le 12 novembre 1932

Herrn Martin Schulse
Schloss Rantzenburg
Munich, ALLEMAGNE

Mon cher Martin,

Te voilà de retour en Allemagne. Comme je t'envie... Je n'ai pas revu ce pays depuis mes années d'étudiant, mais le charme d'*Unter den Linden* agit encore sur moi, tout comme la largeur de vues, la liberté intellectuelle, les discussions, la musique, la camaraderie enjouée que j'ai connues là-bas. Et voilà que maintenant on en a même fini avec l'esprit hobereau, l'arrogance prussienne et le militarisme. C'est une Allemagne démocratique que tu retrouves, une terre de culture où une magnifique liberté politique est en train de s'instaurer. Il y fera bon vivre.

Ta nouvelle adresse a fait grosse impression sur moi, et je me réjouis que la traversée ait été si agréable pour Elsa et les rejetons.

Personnellement, je ne suis pas aussi heureux que toi. Le dimanche matin, je me sens désormais bien seul - un pauvre célibataire sans but dans la vie. Mon dimanche américain, c'est maintenant au-delà des vastes mers que je le passe en pensée. Je revois la grande vieille maison sur la colline, la chaleur de ton accueil - une journée que nous ne passons pas ensemble est toujours incomplète, m'assurais-tu. Et notre chère Elsa, si gaie, qui accourait vers moi, radieuse, en s'écriant : « Max, Max ! », puis me prenait la main pour m'entraîner à l'intérieur et déboucher une bouteille de mon schnaps favori. Et vos merveilleux garçons - surtout ton Heinrich, si beau... Quand je le reverrai, il sera déjà un homme.

Et le dîner... Puis-je espérer manger un jour comme j'ai mangé là-bas ? Maintenant, je vais au restaurant et, devant mon rosbif solitaire, j'ai des visions de *Gebackener Schinken*, cet exquis jambon en brioche fumant dans sa sauce au vin de Bourgogne ; et de *Spätzle*, ah ! ces fines pâtes fraîches ; et de *Spargeel*, ces asperges incomparables. Non, décidément, je ne me réconcilierai jamais avec mon régime américain. Et les vins, si précautionneusement déchargés des bateaux allemands, et les toasts que nous avons portés en levant nos verres pleins à ras bord pour la quatrième, la cinquième, la sixième fois...

Naturellement, tu as bien fait de partir. Malgré ton succès ici, tu n'es jamais devenu américain ; et maintenant que notre affaire est si prospère, tu te devais de ramener tes robustes fils dans leur patrie pour qu'ils y soient éduqués. Quant à Elsa, sa famille a dû lui manquer toutes ces longues années ; ses proches seront également contents de te voir, j'en suis sûr. Le jeune artiste impécunieux de naguère devenu le bienfaiteur de la famille, voilà un petit triomphe que tu savoureras modestement, je le sais.

Les affaires sont toujours bonnes. Mrs Levine a acheté le petit Picasso au prix que nous demandions, ce dont je me félicite ; je laisse lentement venir la vieille Mrs Fleshman à l'idée d'acquérir la hideuse madone. Personne ne se soucie de lui dire que telle ou telle pièce de sa collection est mauvaise parce que toutes le sont. Il n'empêche que je n'ai pas ton merveilleux savoir-faire pour vendre à des matrones juives. Je suis capable de les persuader de l'excellence d'un investissement mais toi seul avais, concernant une œuvre d'art, l'approche spirituelle de nature à les désarmer. De plus, elles n'ont sans doute pas vraiment confiance en un autre Juif.

J'ai reçu hier une charmante lettre de Griselle. Elle me dit qu'il s'en faut de peu pour que je devienne fier de ma petite sœur. Elle a le rôle principal dans une nouvelle pièce qu'on joue à Vienne, et les critiques sont excellentes ; les années décourageantes qu'elle a passées avec de petites compagnies commencent à porter leurs fruits. Pauvre enfant, ça n'a pas été facile pour elle mais elle ne s'est jamais plainte. Elle a du cran, en plus de la beauté et, je l'espère, du talent. Elle me demande de tes nouvelles, Martin, avec beaucoup d'amitié. Plus la moindre amertume de ce côté-là - ce sentiment passe vite à son âge. Il suffit de quelques petites années pour que la blessure ne soit plus qu'un souvenir ; bien sûr, aucun de vous deux n'était à blâmer. Ces choses-là sont comme des tempêtes : on est d'abord transi, foudroyé, impuissant, puis le soleil revient ; on n'a pas complètement oublié l'expérience, mais on est remis du choc. Il ne reste à Griselle que le souvenir de la douceur et non plus du chagrin. Toi ou moi ne nous serions pas comportés autrement. Je n'ai pas écrit à ma petite sœur que tu étais rentré en Europe mais je le ferai peut-être si tu penses que c'est judicieux ; elle ne se lie pas facilement, et je sais qu'elle serait contente de sentir qu'elle a des amis non loin.

Quatorze ans déjà que la guerre est finie ! J'espère que tu as entouré la date en rouge sur le calendrier. C'est fou le chemin que nous avons parcouru, en tant que peuples, depuis le début de toute cette violence !

Mon cher Martin, laisse-moi de nouveau t'étreindre par la pensée et transmets mes souvenirs les plus affectueux à Elsa et aux garçons.

Ton fidèle
Max

SCHLOSS RANTZENBURG, MUNICH, ALLEMAGNE

Le 10 décembre 1932

Mr Max Eisenstein
Galerie Schulse-Eisenstein
San Francisco,
Californie, USA

Max, mon cher vieux compagnon,

Merci de la promptitude avec laquelle tu m'as envoyé les comptes et le chèque. Mais ne te crois pas obligé de me commenter nos affaires avec un tel luxe de détails. Tu sais que je suis d'accord avec tes méthodes ; d'autant qu'ici, à Munich, je suis débordé par mes nouvelles activités. Nous sommes installés, mais quelle agitation ! Comme je te l'ai dit, il y avait longtemps que cette maison me trottait dans la tête. Et je l'ai eue pour un prix dérisoire. Trente pièces, et un parc de près de cinq hectares et demi - tu n'en croirais pas tes yeux. Mais il est vrai que tu ignores à quel niveau de misère est réduit mon pauvre pays. Les logements de service, les écuries et les communs sont très vastes et, crois-le ou non, pour les dix domestiques que nous avons ici, nous payons le même prix que pour les deux seuls que nous avions à San Francisco.

Aux tapisseries et autres pièces que nous avions expédiées par bateau s'ajoutent nombre de beaux meubles que j'ai pu me procurer sur place. Le tout est d'un effet somptueux. Nous sommes donc très admirés, pour ne pas dire enviés, ou presque. J'ai acheté quatre services de table de la porcelaine la plus fine, une profusion de verres en cristal et une argenterie devant laquelle Elsa est en extase.

À propos d'Elsa... non, c'est trop drôle ! Voici qui va sûrement t'amuser... je lui ai offert un lit énorme, gigantesque, un lit comme on n'en avait encore jamais vu, deux fois grand comme un lit double, avec des montants de bois sculpté vertigineux. En l'occurrence, j'ai dû faire fabriquer sur mesure des draps du plus beau lin. Elsa riait comme une gamine en le racontant à sa grand-mère ; mais celle-ci a secoué la tête et grommelé : « *Nein*, Martin, *nein*. Vous avez fait ça, mais maintenant prenez garde, parce qu'elle va encore grossir pour remplir son lit.

- *Ja*, dit Elsa. Encore quatre grossesses et je tiendrai tout juste dedans. » Tu sais quoi, Max ? Eh bien, c'est vrai.

Pour les enfants, il y a trois poneys (petit Karl et Wolfgang ne sont pas en âge de monter) et un précepteur. Leur allemand est exécrable, tristement mâtiné d'anglais.

Pour la famille d'Elsa, la vie n'est plus aussi facile qu'avant. Ses frères ont tous une profession libérale, mais, quoique très respectés, ils doivent vivre ensemble, forcés de partager une maison. À leurs yeux, nous sommes des millionnaires américains. Il s'en faut de beaucoup mais, néanmoins, l'importance de nos revenus transatlantiques nous place dans la catégorie des nantis. Les comestibles de qualité sont extrêmement chers, et les troubles politiques sont fréquents, même maintenant, sous la présidence de Hindenburg, un grand libéral que j'admire beaucoup.

D'anciennes relations me pressent déjà de participer à la gestion municipale. J'y songe. Un statut officiel pourrait être tout à notre avantage, localement.

Quant à toi, mon bon Max, ce n'est pas parce que nous t'avons abandonné que tu dois devenir un misanthrope. Trouve-toi immédiatement une gentille petite femme bien gironde qui sera aux petits soins pour toi et te nourrira comme un roi, le tout dans la bonne humeur. Crois-moi, ma prescription est bonne, même si elle me fait sourire.

Tu me parles de Griselle. Cet amour de fille a bien gagné son succès. Je m'en réjouis avec toi, encore que, même aujourd'hui, le fait qu'elle, une jeune fille seule, soit obligée de se battre pour réussir me révolte. N'importe quel homme peut comprendre qu'elle était faite pour le luxe et la dévotion, pour une vie facile et charmante où le bien-être épanouirait sa sensibilité. Ses yeux noirs reflètent une âme grave, mais aussi quelque chose de dur comme l'acier et de très audacieux. C'est une femme qui ne fait rien, ni ne donne rien à la légère. Hélas, cher Max, comme toujours, je me trahis. Tu as gardé le silence durant notre aventure orageuse, mais tu sais combien ma décision m'a coûté. Tu ne m'as fait aucun reproche, à moi, ton ami, quand ta petite sœur souffrait, et j'ai toujours senti que tu savais que je souffrais également, et pas qu'un peu. Mais que pouvais-je faire ? Il y avait Elsa, et mes fils encore petits. Toute autre décision eût été inopportune. Pourtant, je garde pour Griselle une tendresse qui survivra à son probable mariage –

ou à sa liaison – avec un homme autrement plus jeune que moi. Tu sais, mon ami, l'ancienne plaie s'est refermée, mais parfois la cicatrice me lancine encore.

Bien sûr que tu peux lui donner notre adresse. Nous sommes si près de Vienne qu'elle aura ainsi l'impression de n'avoir qu'à tendre la main pour avoir un foyer. Tu te doutes qu'Elsa, qui ignore les sentiments que Griselle et moi avons éprouvés l'un pour l'autre, recevrait ta sœur avec la même affection qu'elle t'a reçu. Oui, il *faut* que tu lui dises que nous sommes ici, et que tu la pousses à prendre contact avec nous. Félicite-la chaleureusement de notre part pour son beau succès.

Elsa me demande de te faire ses amitiés et Heinrich brûle de dire *Hello* à son oncle Max. Nous ne t'oublions pas, petit Max.

De tout cœur à toi
Martin

GALERIE SCHULSE-EISENSTEIN, SAN FRANCISCO, CALIFORNIE, USA

Le 21 janvier 1933

Herrn Martin Schulse
Schloss Rantzenburg
Munich, ALLEMAGNE

Mon cher Martin,

J'ai été heureux de pouvoir communiquer par écrit ton adresse à Griselle. Elle ne tardera pas à la recevoir - si ce n'est déjà fait. Que de réjouissances en perspective quand Griselle vous rendra visite ! Je serai avec vous par la pensée, de tout cœur, comme si j'y étais en personne.

Tu évoques la pauvreté qu'il y a là-bas. Ici, à cet égard, l'hiver est assez rude, mais, naturellement, ce n'est rien comparé aux privations que tu as constatées en Allemagne.

Toi et moi avons de la chance d'avoir une galerie dont la clientèle est si fidèle ; elle dépense certes moins qu'avant, mais même si nous vendons deux fois moins nous vivrons encore bien - sans prodigalité excessive, mais très confortablement. Les huiles que tu m'a envoyées sont de grande qualité ; c'est incroyable que tu les aies eues à ce prix dérisoire. Elles vont partir tout de suite, et nous allons faire un profit scandaleux. La vilaine madone est vendue. Eh oui, à la vieille Mrs Fleshman ! J'hésitais à fixer un prix, mais elle m'a fait le coup de l'amateur éclairé, alors, le souffle coupé de ma propre audace, j'ai lancé un chiffre astronomique. Me soupçonnant d'avoir un autre client, elle a pris la balle au bond et fait aussitôt son chèque avec un sourire rusé. Toi seul peux savoir à quel point j'exultais quand elle est partie avec cette horreur sous le bras.

Hélas, Martin, j'ai souvent honte de moi-même pour le plaisir que je prends à ces petits triomphes futiles. Toi en Allemagne, avec ta maison de campagne et ta richesse que tu étales aux yeux de la famille d'Elsa, et moi en Amérique, jubilant parce que j'ai roulé une vieille écervelée en la persuadant d'acheter une monstruosité... quel apogée pour deux hommes de quarante ans ! Est-ce pour cela que l'on vit ? Pour gagner de l'argent par des procédés douteux et en faire étalage aux yeux de tous ? Je ne cesse de me faire des reproches, mais je continue comme avant. Malheureusement, nous sommes tous embarqués sur la même galère. Nous sommes futiles et malhonnêtes parce que nous devons triompher de personnes futiles et malhonnêtes. Si ce n'est pas moi qui vends notre horreur à Mrs Fleshman, c'est quelqu'un d'autre qui lui en vendra une pire. C'est une fatalité qu'il faut bien accepter.

Heureusement qu'il existe un havre où l'on peut toujours savourer une relation authentique : le coin du feu chez un ami auprès duquel on peut se défaire de ses petites vanités et trouver chaleur et compréhension ; un lieu où les égoïsmes sont caducs et où le vin, les livres et la conversation donnent un autre sens à la vie. Là, on a construit quelque chose que la fausseté ne peut atteindre. On s'y sent chez soi.

Qui est cet Adolf Hitler qui semble en voie d'accéder au pouvoir en Allemagne ? Ce que je lis sur son compte m'inquiète beaucoup.

Embrasse les gosses et notre abondante Elsa de la part de ton affectionné

Max

Le 25 mars 1933

Mr Max Eisenstein
Galerie Schulse-Eisenstein
San Francisco,
Californie, USA

Cher vieux Max,

Tu as certainement entendu parler de ce qui se passe ici, et je suppose que cela t'intéresse de savoir comment nous vivons les événements de l'intérieur. Franchement, Max, je crois qu'à nombre d'égards Hitler est bon pour l'Allemagne, mais je n'en suis pas sûr. Maintenant, c'est lui qui, de fait, est le chef du gouvernement. Je doute que Hindenburg lui-même puisse le déloger du fait qu'on l'a obligé à le placer au pouvoir. L'homme électrise littéralement les foules ; il possède une force que seul peut avoir un grand orateur doublé d'un fanatique. Mais je m'interroge : est-il complètement sain d'esprit ? Ses escouades en chemises brunes sont issues de la populace. Elles pillent, et elles ont commencé à persécuter les Juifs. Mais il ne s'agit peut-être là que d'incidents mineurs : la petite écume trouble qui se forme en surface quand bout le chaudron d'un grand mouvement. Car je te le dis, mon ami, c'est à l'émergence d'une force vive que nous assistons dans ce pays. Une force vive. Les gens se sentent stimulés, on s'en rend compte en marchant dans les rues, en entrant dans les magasins. Ils se sont débarrassés de leur désespoir comme on enlève un vieux manteau. Ils n'ont plus honte, ils croient de nouveau à l'avenir. Peut-être va-t-on trouver un moyen pour mettre fin à la misère. Quelque chose - j'ignore quoi - va se produire. On a trouvé un Guide ! Pourtant, prudent, je me dis tout bas : où cela va-t-il nous mener ? Vaincre le désespoir nous engage souvent dans des directions insensées.

Naturellement, je n'exprime pas mes doutes en public. Puisque je suis désormais un personnage officiel au service du nouveau régime, je clame au contraire ma jubilation sur tous les toits. Ceux d'entre nous, les fonctionnaires de l'administration locale, qui tiennent à leur peau sont prompts à rejoindre le national-socialisme - c'est le nom du parti de *Herr* Hitler. Mais en même temps, cette attitude est bien plus qu'un simple expédient : c'est la conscience que nous, le peuple allemand, sommes en voie d'accomplir notre destinée ; que l'avenir s'élance vers nous telle une vague prête à déferler. Nous aussi nous devons bouger, mais dans le sens de la vague, et non à contre-courant. De graves injustices se commettent encore aujourd'hui. Les troupes d'assaut célèbrent leur victoire, et chaque visage ensanglanté qu'on croise vous fait secrètement saigner le cœur. Mais tout cela est transitoire ; si la finalité est juste, ces incidents passagers seront vite oubliés. L'Histoire s'écrira sur une page blanche et propre.

La seule question que je me pose désormais - vois-tu, tu es le seul à qui je puisse me confier - est celle-ci : la finalité est-elle juste ? Le but que nous poursuivons est-il meilleur qu'avant ? Parce que, tu sais, Max, depuis que je suis dans ce pays, je les ai vus, ces gens de ma race, et j'ai appris les souffrances qu'ils ont endurées toutes ces années - le pain de plus en plus rare, les corps de plus en plus maigres et les esprits malades. Ils étaient pris jusqu'au cou dans les sables mouvants du désespoir. Ils allaient mourir, mais un homme leur a tendu la main et les a sortis du trou. Tout ce qu'ils savent maintenant, c'est qu'ils survivront. Ils sont possédés par l'hystérie de la délivrance, et cet homme, ils le vénèrent. Mais quel que fût le sauveur, ils auraient agi ainsi. Plaise à Dieu qu'il soit un chef digne de ce nom et non un ange de la mort. À toi seul, Max, je peux avouer que j'ignore qui il est vraiment. Oui, je l'ignore. Pourtant, je ne perds pas confiance.

Mais assez de politique. Notre nouvelle maison nous enchante et nous recevons beaucoup. Ce soir, c'est le maire que nous avons invité - un dîner de vingt-huit couverts. Tu vois, on « étale » un peu la marchandise, mais il faut nous le pardonner. Elsa a une nouvelle robe en velours bleu. Elle est terrifiée à l'idée de ne pouvoir entrer dedans. Elle est de nouveau enceinte. Rien de tel pour satisfaire durablement sa femme, Max : faire en sorte qu'elle soit tellement occupée avec les bébés qu'elle n'ait pas le temps de geindre.

Notre Heinrich a fait une conquête mondaine. Il montait son poney quand il s'est fait désarçonner. Et qui l'a ramassé ? Le baron Von Freische en personne. Ils ont eu une longue conversation sur l'Amérique, puis, un jour, le baron est passé chez nous et nous lui avons offert le café. Il a invité Heinrich à déjeuner chez lui la semaine prochaine. Quel garçon ! Il fait la joie de tout le monde - dommage que son allemand ne soit pas meilleur.

Ainsi, mon cher ami, allons-nous peut-être participer activement à de grands événements ; ou peut-être nous contenter de poursuivre notre petit train-train familial. Mais nous ne renoncerons jamais à l'authenticité de cette amitié dont tu parles de façon si touchante. Notre cœur va vers toi, au-delà des vastes mers, et quand nous remplissons nos verres nous ne manquons jamais de boire à la santé de « l'oncle Max ».

Souvenir affectueux
Martin

GALERIE SCHULSE-EISENSTEIN, SAN FRANCISCO, CALIFORNIE, USA

Le 18 mai 1933

Herrn Martin Schulse
Schloss Rantzenburg
Munich, ALLEMAGNE

Cher Martin,

Je suis bouleversé par l'afflux de reportages sur ta patrie qui nous parviennent. Comme ils sont assez contradictoires, c'est donc tout naturellement vers toi que je me tourne pour y voir plus clair. Je suis sûr que les choses ne vont pas aussi mal qu'on veut bien le dire. Notre presse s'accorde à parler d'un « terrible pogrom ». Qu'en est-il ?

Je sais que ton esprit libéral et ton cœur chaleureux ne pourraient tolérer la brutalité, et que tu me diras la vérité. Le fils d'Aaron Silberman vient tout juste de rentrer de Berlin et il paraît qu'il l'a échappé belle. Il raconte sur ce qu'il a vu - les flagellations, le litre d'huile de ricin forcé entre les lèvres et les heures d'agonie consécutives par éclatement de l'intestin - des histoires affreuses. Ces exactions pourraient être vraies, et elles pourraient en effet n'être que le résidu malpropre d'une révolution par ailleurs humaine - l'« écume trouble », comme tu dis. Malheureusement pour nous, les Juifs, la répétition ne les rend que par trop familières, et je trouve presque incroyable qu'on puisse, aujourd'hui, au sein d'une nation civilisée, faire revivre à nos frères le martyre ancestral. Écris-moi, mon ami, pour me rassurer sur ce point.

La pièce dans laquelle joue Griselle fait un triomphe et se donnera jusqu'à la fin du mois de juin. Elle m'écrit qu'on lui a proposé un autre rôle à Vienne, et un autre encore, superbe, à Berlin pour cet automne. C'est surtout de ce dernier qu'elle me parle, mais je lui ai répondu d'attendre pour s'engager que les sentiments antijuifs se calment. Bien entendu, son nom de scène n'a pas une consonance juive (de toute façon, il était exclu qu'elle monte sur les planches avec un nom comme Eisenstein) ; mais, pseudonyme ou non, tout, chez elle, trahit ses origines : ses traits, ses gestes, la passion qui vibre dans sa voix. Si les sentiments antisémites évoqués plus haut sont une réalité, elle ne doit à aucun prix s'aventurer en Allemagne en ce moment.

Pardonne-moi, mon ami, pour la brièveté de ma lettre et l'absence de liberté d'esprit dont elle témoigne, mais je n'aurai pas de repos tant que tu ne m'auras pas rassuré. Je sais que tu m'écriras en toute honnêteté. Je t'en prie, fais-le vite.

C'est haut et fort que je proclame ma foi en toi et mon amitié pour toi et les tiens.

Ton fidèle
Max

DEUTSCH-VOELKISCHE BANK UND HANDELSGESELLSCHAFT,
MUNICH, ALLEMAGNE
Le 9 juillet 1933

Mr Max Eisenstein
Galerie Schulse-Eisenstein
San Francisco,
Californie, USA

Cher Max,

Comme tu pourras le constater, je t'écris sur le papier à lettres
de ma banque. C'est nécessaire, car j'ai une requête à t'adresser
et souhaite éviter la nouvelle censure, qui est des plus strictes.
Nous devons présentement cesser de nous écrire. Il devient
impossible pour moi de correspondre avec un Juif ; et ce le
serait même si je n'avais pas une position officielle à défendre.
Si tu as quelque chose d'essentiel à me dire, tu dois le faire par
le biais de la banque, au dos de la traite que tu m'envoies, et
ne plus jamais m'écrire chez moi.

En ce qui concerne les mesures sévères qui t'affligent tellement, je dois dire que, au début, elles ne me plaisaient pas

non plus ; mais j'en suis arrivé à admettre leur douloureuse nécessité. La race juive est une plaie ouverte pour toute nation qui lui a donné refuge. Je n'ai jamais haï les Juifs en tant qu'individus - toi, par exemple, je t'ai toujours considéré comme mon ami -, mais sache que je parle en toute honnêteté quand j'ajoute que je t'ai sincèrement aimé non *à cause* de ta race, mais *malgré* elle.

Le Juif est le bouc émissaire universel. Il doit bien y avoir une raison à cela, et ce n'est pas la superstition ancestrale consistant à les désigner comme les « assassins du Christ » qui éveille une telle méfiance à leur égard. Quant aux ennuis juifs actuels, ils ne sont qu'accessoires. Quelque chose de plus important se prépare.

Si seulement je pouvais te montrer - non, t'obliger à constater - la renaissance de l'Allemagne sous l'égide de son vénéré Chef... Un si grand peuple ne pouvait pas rester éternellement sous le joug du reste du monde. Après la défaite, nous avons plié l'échine pendant quatorze ans. Pendant quatorze ans, nous avons mangé le pain amer de la honte et bu le brouet clair de la pauvreté. Mais maintenant, nous sommes des hommes libres. Nous nous redressons, conscients de notre pouvoir ; nous relevons la tête face aux autres nations. Nous purgeons notre sang de ses éléments impurs. C'est en chantant que nous parcourons nos vallées, nos muscles durs vibrent, impatients de s'atteler à un nouveau labeur ; et nos montagnes résonnent des voix de Wotan et de Thor, les anciens dieux de la race germanique.

Mais non... Tout en t'écrivant, et en me laissant aller à l'enthousiasme suscité par ces visions si neuves, je me dis que tu ne comprendrais pas à quel point tout cela est nécessaire pour l'Allemagne. Tu ne t'attacheras, je le sais, qu'aux ennuis de ton propre peuple. Tu refuseras de concevoir que quelques-uns doivent souffrir pour que des millions soient sauvés. Tu seras avant tout un Juif qui pleurniche sur son peuple. Cela, je l'admets. C'est conforme au caractère sémite. Vous vous lamentez mais vous n'êtes pas assez courageux pour vous battre en retour. C'est pourquoi il y a des pogroms.

Hélas, Max, tout cela va te blesser, je le sais, mais tu dois accepter la vérité. Parfois, un mouvement est plus important que les hommes qui l'initient. Pour ma part, j'y adhère corps et âme. Heinrich est officier dans un corps de jeunesse, sous les ordres du baron Von Freische. Le nom de ce dernier rehausse encore notre maison car il rend souvent visite à Heinrich et à Elsa, qu'il admire beaucoup. Quant à moi, je suis débordé de travail. Elsa ne s'intéresse guère à la politique ; elle se contente d'adorer notre noble Chef. Elle se fatigue vite, ce dernier mois. Cela peut signifier que le bébé arrivera plus tôt que prévu. Ce sera mieux pour elle quand le dernier de nos enfants sera né.

Je regrette qu'on doive mettre ainsi fin à notre correspondance, Max. Il n'est pas exclu que nous nous retrouvions un jour, sur un terrain où nous pourrons développer une meilleure compréhension mutuelle.

Cordialement
Martin Schulse

Le 1ᵉʳ août 1933

Martin Schulse
(aux bons soins de J. Lederer)
Schloss Rantzenburg
Munich, ALLEMAGNE

Mon cher Martin,

Je confie cette missive à Jimmy Lederer, qui doit brièvement séjourner à Munich lors de ses vacances européennes. Je ne trouve plus le repos après la lettre que tu m'as envoyée. Elle te ressemble si peu que je ne peux attribuer son contenu qu'à ta peur de la censure. L'homme que j'ai aimé comme un frère, dont le cœur a toujours débordé d'affection et d'amitié, ne peut pas s'associer, même passivement, au massacre de gens innocents. Je garde confiance en toi, et je prie pour que mon hypothèse soit la bonne ; il te suffit de me le confirmer par lettre par un simple « oui », à l'exclusion de tout autre commentaire qui serait dangereux pour toi. Cela me convaincra que tu joues le jeu de l'opportunisme mais que tes sentiments profonds n'ont pas changé ; que je ne me suis pas leurré en te considérant comme un esprit libéral et droit, pour qui le mal est le mal, en quelque nom qu'on le commette.

Cette censure, ces persécutions de tous les esprits libres, ces bibliothèques incendiées et cette corruption des universités susciteraient ton antagonisme même si on ne levait pas le petit doigt contre ceux de ma race. Tu es un libéral, Martin. Tu vois les choses à long terme. Je sais que tu ne peux pas te laisser entraîner dans cette folie par un mouvement populaire qui, aussi fort soit-il, est foncièrement meurtrier.

Je peux comprendre pourquoi les Allemands acclament Hitler. Ils réagissent contre les injustices qu'ils ont subies depuis la fin de cette guerre désastreuse. Mais toi, Martin, tu es pratiquement devenu un Américain durant cette période. Je suis convaincu que ce n'est pas mon ami qui m'a écrit cette lettre, et que tu vas me le prouver.

J'attends ce seul mot – ce « oui » qui rendra la paix à mon cœur. Écris-le vite.

Mes amitiés à vous tous
Max

Le 18 août 1933

Mr Max Eisenstein
Galerie Schulse-Eisenstein
San Francisco,
Californie, USA

Cher Max,

On m'a remis ta lettre. La réponse est « non ». Tu es un sentimental. Tu ignores que les hommes ne sont pas tous faits sur le même modèle que toi. Tu leur colles une gentille petite étiquette de « libéral », et tu t'imagines qu'ils vont agir en conséquence. Tu te trompes. Moi, un libéral quasiment américain ? Jamais ! Un patriote allemand.

Un libéral est un homme qui ne croit pas à l'action. Il se contente de tenir des discours creux sur les droits de l'homme. Il fait tout un tapage sur la liberté d'expression, mais qu'est-ce que la liberté d'expression ? Tout juste une bonne occasion de rester assis sur son derrière en critiquant ceux qui agissent.

Existe-t-il rien de plus futile qu'un libéral ? Non. Et je connais bien l'espèce pour en avoir fait partie. Il reproche aux gouvernements leur passivité, leur incapacité d'instaurer le changement. Mais qu'un vrai chef émerge, un homme actif qui, lui, se met à la tâche, et quelle est alors la position du libéral ? Il est contre. Pour le libéral, tout changement est mauvais.

Ce que tu nommes chez ces bons esprits « la vue à long terme » des événements n'est qu'une frousse intense de se retrousser les manches pour *faire*. Ils adorent les mots et les nobles préceptes, mais ils sont parfaitement inutiles à ceux qui font le monde tel qu'il est. Seuls ces derniers, les hommes d'action, comptent. Et ici, en Allemagne, un de ces hommes énergiques, essentiels, est sorti du rang. Et je me rallie à lui. Non, comme tu le suggères, parce que, submergé par un courant, je ne peux faire autrement, mais par libre choix. Maintenant, je suis vraiment un homme ; avant, je n'étais qu'une voix. Je ne m'interroge pas sur la finalité de notre action : elle est vitale, donc elle est bonne. Si elle était mauvaise, elle ne susciterait pas autant d'enthousiasme.

Tu dis que nous persécutons les libéraux, que nous brûlons les livres. Tu devrais te réveiller : est-ce que le chirurgien qui enlève un cancer fait preuve de ce sentimentalisme niais ? Il taille dans le vif, sans états d'âme. Oui, nous sommes cruels. La naissance est un acte brutal ; notre re-naissance l'est aussi. Mais quelle jubilation de pouvoir enfin redresser la tête ! Comment un rêveur comme toi pourrait-il comprendre la beauté d'une épée dégainée ? C'est ce qu'est notre *Führer*, mais tu n'as jamais rencontré un Hitler.

Tu m'obliges à te répéter que tu ne dois plus m'écrire. Nous ne sommes plus en sympathie, tu devrais t'en rendre compte.

Martin Schulse

GALERIE EISENSTEIN, SAN FRANCISCO, CALIFORNIE, USA

Le 5 septembre 1933

Herrn Martin Schulse
c/° Banque Deutsch-Voelkische
und Handelsgesellschaft
Munich, ALLEMAGNE

Cher Martin,

Ci-joint la traite qui te revient et les comptes du mois. Je suis dans l'obligation de te faire passer ce bref message. Griselle est partie pour Berlin. Elle est trop audacieuse. Mais elle a si long-temps attendu son succès qu'elle n'est pas prête à y renoncer, et elle rit de mes craintes. Elle joue au théâtre Koenig. Tu es un fonctionnaire du régime, je te conjure donc, au nom de notre vieille amitié, de la protéger. Va à Berlin si tu le peux, et vois si elle n'est pas en danger.

Tu seras chagriné de constater que j'ai été obligé de sup-primer ton nom de la raison sociale de notre affaire. Tu sais qui sont nos principaux clients : ils n'achèteront plus rien dans une maison qui porte un nom allemand.

Je ne peux pas discuter de ton changement d'attitude. Mais tu dois me comprendre. Je ne m'attendais pas à te voir prendre les armes pour mon peuple parce qu'il est mon peuple, mais simplement parce que tu étais un homme épris de justice.

Je te confie mon imprudente Griselle. Cette enfant ne se rend pas compte du risque qu'elle prend. Je ne t'écrirai plus.

Adieu, mon ami
Max

5 novembre 1933

Herrn Martin Schulse
c/° Banque Deutsch-Voelkische
und Handelsgesellschaft
Munich, ALLEMAGNE

Martin,

Je t'écris de nouveau car j'y suis obligé. Un sombre pressenti-
ment m'habite. J'ai écrit à Griselle dès que j'ai su qu'elle était
à Berlin et elle m'a répondu un mot très bref. Les répétitions
se passaient brillamment et la pièce devait être incessamment
à l'affiche. Ma seconde lettre, qui contenait plus d'encourage-
ments que de mises en garde, m'a été retournée, non ouverte,
avec la mention « Inconnu à cette adresse ». Quelles ténèbres
véhiculent ces mots... Comment pourrait-elle être inconnue
au théâtre même où elle joue ? Il s'agit sûrement d'un message
signifiant qu'il lui est arrivé malheur. « On sait ce qui s'est passé,
mais vous, vous n'en saurez jamais rien », disent ces cachets sur
l'enveloppe. Elle est tombée dans une sorte de vide et il est

inutile de la chercher. Voilà tout ce qu'on me dit par ces deux mots, *Adressant Unbekannt.*

Martin, dois-je te demander de la trouver, de la secourir ? Tu as connu sa grâce, son charme, sa beauté. Elle t'a donné ce qu'elle n'a donné à aucun autre homme : son amour. N'essaie pas de m'écrire. Je sais que je n'ai pas même besoin de te demander ton aide. T'apprendre qu'elle est sans doute en danger suffit.

Je la remets entre tes mains car je n'ai aucun autre recours.

Max

23 novembre 1933

Herrn Martin Schulse
c/° Banque Deutsch-Voelkische
und Handelsgesellschaft
Munich, ALLEMAGNE

Martin,

C'est par désespoir que je me tourne vers toi. Je ne pouvais pas laisser passer un mois de plus ; c'est donc en avance que je te donne quelques précisions relatives à tes placements. Tu pourrais vouloir effectuer certaines modifications, ce qui me permet de joindre à ce relevé bancaire un appel au secours.

Il concerne Griselle. Depuis deux mois, je n'ai plus aucune nouvelle d'elle, mais des rumeurs en provenance d'Allemagne commencent à circuler. De Juif à Juif, on chuchote des histoires tellement horribles que je me boucherais les oreilles si je le pouvais. Mais je ne le peux pas. Il *faut* que je sache ce qui lui est arrivé. Il faut que j'aie une certitude.

Elle a joué une semaine dans la pièce berlinoise. Puis le public, apprenant qu'elle était juive, l'a conspuée. Cette magnifique et téméraire enfant est malheureusement têtue comme un âne. Elle leur a renvoyé le mot « juive » à la figure, en leur disant qu'elle était fière de l'être.

Certains spectateurs se sont levés, furieux, et ont sauté sur scène. Elle a couru dans les coulisses. Quelqu'un a dû l'aider car elle a réussi à sortir du théâtre et a trouvé refuge dans une cave où se cachait déjà une famille juive. Changeant son apparence du mieux qu'elle a pu, elle a alors décidé d'essayer de rentrer à Vienne à pied, le train lui semblant trop risqué. Elle a dit aux gens qu'elle a laissés qu'elle serait en sûreté si elle pouvait arriver jusqu'à Munich, où elle avait des amis. Mon espoir est qu'elle soit venue chez toi, car elle n'a jamais regagné Vienne. Envoie-moi un mot, Martin, et si elle n'est pas encore arrivée chez toi, fais une enquête discrète. Je suis fou d'inquiétude à l'idée qu'elle traîne sur les routes en pays hostile, à l'approche de l'hiver. Dieu fasse que tu puisses m'envoyer un mot pour me rassurer.

Max

DEUTSCH-VOELKISCHE BANK UND HANDELSGESELLSCHAFT,
MUNICH, ALLEMAGNE

Le 8 décembre 1933

Mr Max Eisenstein
Galerie Eisenstein
San Francisco,
Californie, USA

Cher Max,

Heil Hitler ! Je regrette beaucoup d'avoir de mauvaises nouvelles à t'apprendre. Ta sœur est morte. Malheureusement pour
elle, elle s'est montrée stupide. Il y a quinze jours, elle est
arrivée ici, avec une horde de SA, qui défilaient sur le chemin,
pratiquement sur les talons. La maison était pleine de monde
– Elsa n'est pas bien depuis la naissance du petit Adolf, le mois
dernier. Le médecin était là, ainsi que deux infirmières, tous
les domestiques, et les enfants qui couraient partout.

Par chance, c'est moi qui ai ouvert la porte. Tout d'abord,
j'ai cru voir une vieille femme, puis j'ai vu son visage – et j'ai
vu aussi les SA qui passaient déjà devant les grilles du parc.

41

J'avais une chance sur mille de pouvoir la cacher. Une domestique pouvait surgir à tout moment. Avec Elsa couchée là-haut, malade, comment aurais-je pu supporter que ma maison fût mise à sac ? Et pouvais-je courir le risque d'être arrêté pour avoir tenté de sauver une Juive et de perdre tout ce que j'avais construit ici ? Bien sûr, en tant que patriote, mon devoir m'apparaissait clairement. Elle avait montré sur scène son corps impur à des jeunes Allemands : je devais la retenir et la remettre sur-le-champ aux SA.

Mais cela, je ne l'ai pas fait. Je lui ai dit :

« Tu vas tous nous faire prendre, Griselle. Cours vite te réfugier de l'autre côté du parc. » Elle m'a regardé dans les yeux, elle a souri, elle m'a dit : « La dernière chose que je souhaite, Martin, c'est te nuire », et elle a pris sa décision (elle a toujours été une fille courageuse).

Elle devait être épuisée car elle n'a pas couru assez vite et les SA l'ont repérée. Je suis rentré, impuissant ; quelques minutes plus tard, ses cris s'étaient tus. Le lendemain matin, j'ai fait transporter son corps au village pour l'enterrer. C'était stupide de sa part d'être venue en Allemagne. Pauvre petite Griselle... Je partage ta peine mais, comme tu vois, je ne pouvais pas l'aider.

Maintenant je dois te demander de ne plus m'écrire. Chaque mot qui arrive dans cette maison est désormais censuré, et je me demande dans combien de temps, à la banque, ils se mettront à ouvrir le courrier. Je ne veux plus rien avoir à faire avec les Juifs, mis à part les virements bancaires et leurs reçus. C'est déjà bien assez fâcheux pour moi qu'une Juive soit venue chercher refuge dans mon domaine. Je ne tolérerai plus d'être associé d'une manière ou d'une autre avec cette race.

Martin

CÂBLOGRAMME

MUNICH, LE 2 JANVIER 1934

MARTIN SCHULSE

TES TERMES ACCEPTÉS. VÉRIFICATION COMPTES DU
12 NOVEMBRE MONTRE 13 % DE MIEUX.
LE 2 FÉVRIER QUADRUPLE ASSURÉ.
EXPOSITION PEINTRES NON ACCRÉDITÉS : BERLIN,
1ER MAI.
PRÉPARE-TOI PARTIR POUR MOSCOU
SI MARCHÉ S'OUVRE INOPINÉMENT.
INSTRUCTIONS FINANCIÈRES POSTÉES NOUVELLE
ADRESSE.

EISENSTEIN

Le 3 janvier 1934

Herrn Martin Schulse
Schloss Rantzenburg
Munich, ALLEMAGNE

Très cher Martin,

N'oublie pas l'anniversaire de grand-maman. Elle aura soixante-quatre ans le 8. Des bienfaiteurs américains vont fournir 1 000 brosses destinées à votre Ligue des jeunes peintres allemands. Mandelberg s'est joint à ceux qui soutiennent la Ligue. Il faut que tu envoies 11 reproductions de Picasso de 20 par 90 aux diverses succursales de notre galerie - le 25 janvier, pas plus tôt. À dominante rouge et bleu. Nous pouvons te verser 8 000 dollars sur cette transaction. Commence le nouveau livre de comptes 2.

Nos prières t'accompagnent, cher frère
Eisenstein

GALERIE EISENSTEIN, SAN FRANCISCO, CALIFORNIE, USA

Le 17 janvier 1934

Herrn Martin Schulse
Schloss Rantzenburg
Munich, ALLEMAGNE

Martin, cher frère,

Bonne nouvelle ! Notre stock atteignait 116 il y a cinq jours. Les Fleishman nous ont avancé encore 10 000 dollars. Cela devrait remplir pour un mois le quota de la Ligue des jeunes peintres. Mais si les occasions sont plus nombreuses, fais-le-nous savoir. Les miniatures suisses sont en vogue. Surveille le marché et prépare-toi à partir pour Zurich après le 1er mai si des occasions inattendues se présentent en plus grand nombre. L'oncle Salomon sera content de te voir et je sais que tu te fieras les yeux fermés à son jugement.

Le temps est clair et il n'y a aucune menace précise d'orage pour les deux mois à venir. Tu vas préparer pour tes étudiants les reproductions suivantes : Van Gogh, 15 par 103, en rouge ;

Poussin, 20 par 90, en bleu et jaune ; Vermeer, 11 par 33, en rouge et bleu.

Nos espoirs accompagnent tes nouvelles tentatives

Eisenstein

Le 29 janvier 1934

Cher Martin,

Ta lettre est arrivée par erreur au 457 Geary Street, chambre 4. Tante Rheba dit de dire à Martin d'écrire plus brièvement, et surtout plus clairement pour que ses amis puissent comprendre de quoi il parle. Je suis sûre que tout le monde attend avec impatience la réunion de famille du 15. Tu seras fatigué après toutes ces festivités et souhaiteras peut-être amener ta famille avec toi lors de ton voyage à Zurich.

Néanmoins, avant de partir, en vue de l'exposition conjointe qui aura lieu en mai, ou avant, tu dois fournir à nos succursales de la Ligue des jeunes peintres allemands les reproductions suivantes : Picasso, 17 par 81, en rouge ; Van Gogh, 5 par 42, en blanc ; Rubens, 15 par 204, en bleu et jaune.

Nous sommes avec toi par la prière
Eisenstein

Le 12 février 1934

Mr Max Eisenstein
Galerie Eisenstein
San Francisco,
Californie, USA

Max, mon vieil ami,

Mon Dieu, Max, sais-tu ce que tu es en train de faire ?

Je vais devoir essayer de faire sortir clandestinement cette lettre en la confiant à un Américain que j'ai rencontré ici. Tu ne peux imaginer mon désespoir : ce télégramme fou, ces lettres que tu m'as envoyés... Rien de tout cela ne m'est parvenu directement mais on m'a convoqué : ils me les ont montrés et m'ont sommé de m'expliquer ; ils exigent que je leur donne le code. Quel code ? Comment toi, un ami de toujours, peux-tu me faire une chose pareille ?

Te rends-tu compte que tu es en train de me détruire ? Les résultats de ta folie sont déjà terribles. On m'a révoqué de mon poste de fonctionnaire. Heinrich a été renvoyé des Jeunesses hitlériennes sous le prétexte qu'il a une trop petite santé pour militer dans cette organisation. Dieu du ciel, Max, ne comprends-tu pas ce que cela signifie ? Et Elsa, à qui je n'ose rien dire, qui ne comprend pas pourquoi les notables locaux refusent soudain ses invitations... Et le baron Von Freische qui ne la salue plus quand il la rencontre dans la rue...

Oui, bien sûr, je sais pourquoi tu as fait ça. Mais ne vois-tu pas que je ne pouvais pas intervenir ; que je n'ai même pas osé tenter d'intervenir ? Je t'adjure maintenant, du fond de l'âme, d'arrêter, non pour moi, mais pour Elsa et les garçons. Pense ce que cela signifierait pour eux si on m'emmenait et qu'ils ne sachent même pas si je suis vivant ou mort. Sais-tu ce que c'est qu'être envoyé dans un camp de concentration ? Veux-tu vraiment me coller le dos au mur et pointer une mitraillette sur moi ? Je t'en supplie, cesse ! Cesse maintenant que tout n'est pas encore totalement perdu. Désormais, c'est pour ma vie que je crains, Max. Pour ma vie.

Est-ce bien toi qui commets cette horreur ? Toi, mon bon vieux Max que j'ai aimé comme un frère ? Mon Dieu, mais tu n'as donc pas de pitié ! Assez ! Je t'en supplie. Arrête tant qu'on peut encore me sauver. C'est du fond de mon cœur rempli pour toi d'une vieille affection que je t'implore.

Martin

15 février 1934

Herrn Martin Schulse
Schloss Rantzenburg
Munich, ALLEMAGNE

Notre très cher Martin,

Il pleut ici depuis dix-huit jours : 17,5 cm d'eau dans les rues.

Quelle saison pourrie ! Une cargaison de 1 500 brosses à l'usage de tes Jeunes peintres devrait parvenir à la succursale de Berlin à la fin de la semaine. Cela laisse du temps pour s'entraîner en vue du grand événement. Des mécènes américains t'aideront en te fournissant tout le matériel d'artiste qu'ils pourront, mais ce sera à toi de t'occuper des derniers préparatifs. Nous sommes trop coupés du marché européen ; toi, en revanche, tu es en position d'apprécier l'étendue du soutien dont bénéficierait en Allemagne une telle exposition. Pour le 24 mars, prépare-toi donc à distribuer : Rubens, 12 par 77, en bleu ; Giotto, 1 par 317, en vert et blanc ; Poussin, 20 par 90, en rouge et blanc.

Le jeune Blum est parti vendredi dernier avec les précisions sur le Picasso. Il déposera des huiles à Hambourg et à Leipzig et se tiendra ensuite à ta disposition.

Avec tous nos souhaits de réussite
Eisenstein

Le 3 mars 1934

Martin, notre frère,

Le cousin Julius vient d'avoir deux garçons de 4,5 kg. Toute la famille se réjouit. Nous considérons le succès de ta prochaine exposition d'artistes comme assuré. La dernière cargaison de toiles a été retardée en raison de certains problèmes concernant les communications internationales, mais elle parviendra en temps voulu à tes associés berlinois. Tu peux considérer que la reproduction de la collection est achevée. Ton meilleur soutien devrait provenir des enthousiastes de Picasso, mais ne néglige aucune autre piste.

Nous laissons les plans finals à ta discrétion, mais fais en sorte d'avancer la date de l'exposition pour qu'elle soit un vrai succès.

Que le Dieu de Moïse soit à ta droite
Eisenstein

EISENSTEIN GALLERIES
SAN FRANCISCO, CALIFORNIA, U.S.A.

SAN FRANCISCO
MAR 3
5PM
1934
CALIFORNIA

MÜNCHEN
18.3.34. 4-5
h

Inconnu à
cette adresse

Mr. Martin Schulse
Schloss Rantzenburg
Munich

G E R M A N Y

Postface

Avec cette correspondance étonnante (entre un Américain vivant à San Francisco et son ancien associé qui rentre en Allemagne), la littérature américaine s'est enrichie d'une rareté littéraire : la nouvelle *parfaite*. Bien plus, l'histoire contée ici, diaboliquement habile dans sa conception mais d'une évidence, d'un naturel absolu dans sa forme expressive, est de celles avec lesquelles tant le lecteur moyen que l'écrivain professionnel se sentent en terrain familier : « J'aurais pu écrire cela moi-même. Comment n'y ai-je pas pensé avant ? », se disent-ils, émus et consternés. Goethe, quant à lui, dirait que dans toute œuvre de génie chacun reconnaît une idée personnelle inaboutie.

L'auteur de ce livre, Kressmann Taylor, est une femme, une épouse, une mère de trois enfants. Entre 1926 et 1928, elle fut correctrice-rédactrice dans la publicité. Depuis, à part quelques satires en vers, écrites à l'occasion pour certains périodiques, elle ne se considérait nullement comme un écrivain mais comme une « femme au foyer ».

Inconnu à cette adresse est, nous dit l'auteur, fondée sur quelques lettres réellement écrites. C'est en discutant de ces lettres avec son mari, Elliot Taylor, qu'est venue à Kressmann l'idée de les romancer. Elle ajoute avec générosité que, sous sa forme achevée, ce récit fictif doit peut-être autant à son mari et à son enthousiasme qu'à elle-même.

Dans un pays qui compte les nouvellistes par centaines de mille, un pays où la nouvelle est une forme littéraire populaire et traditionnelle - banale, même, et souvent extrêmement vulgaire -, il est rare que l'une d'entre elles, d'un auteur parfaitement inconnu, éveille un intérêt aussi général que celle-ci. Sa publication, en 1938, dans *Story Magazine* a connu auprès du public un engouement sans précédent : en dix jours, le numéro était épuisé. La demande qui s'ensuivit fut telle qu'on ne put y répondre, et, phénomène exceptionnel, certains lecteurs admiratifs (à Hollywood) ont, à leurs propres frais, ronéotypé leurs exemplaires personnels pour leurs amis. « À lire absolument » a décrété le critique Walter Winchell à propos d'*Inconnu à cette adresse*. Quant au *Reader's Digest*, il l'a publiée sous une forme condensée pour ses quelque trois millions de lecteurs. Les producteurs de cinéma se sont mis à s'agiter, déployant une intense activité télégraphique en direction de la côte Est. Des éditeurs britanniques ont passé commande, et on a commencé à traduire la nouvelle en plusieurs langues. Ne lui manquait plus qu'une bonne et solide reliure destinée à lui assurer une place indépendante, et peut-être permanente, sur les étagères des bibliothèques américaines. C'est fait. Et on peut affirmer que c'est mérité.

Whit Burnett
Directeur de Story Magazine

Achevé d'imprimer en mars 2000 sur les presses de l'imprimerie Corlet
à Condé-sur-Noireau (Calvados) pour le compte des Éditions Autrement,
17, rue du Louvre, 75001 Paris. Tél. : 01 40 26 06 06. Fax : 01 40 26 00 26.
N° d'imprimeur : 44846. ISSN : 1248-4873. ISBN : 2-86260-911-0.
Précédent dépôt : 1er trimestre 2000. Dépôt légal : 1er trimestre 2000.